KB120599

길에서 개손자를 만나다

시작시인선 0345 길에서 개손자를 만나다

1판 1쇄 펴낸날 2020년 8월 30일
1판 2쇄 펴낸날 2021년 1월 4일
지은이 박상률
펴낸이 이재무
책임편집 차성환
편집디자인 민성돈, 장덕진
펴낸곳 (주)천년의시작
등록번호 제301-2012-033호
등록일자 2006년 1월 10일
주소 (03132) 서울시 종로구 삼일대로32길 36 운현신화타워 502호
전화 02-723-8668
팩스 02-723-8630
홈페이지 www.poempoem.com
이메일 poemsijak@hanmail.net

ⓒ박상률, 2020, printed in Seoul, Korea

ISBN 978-89-6021-510-8 04810
      978-89-6021-069-1 04810(세트)

값 10,000원

길에서 개손자를 만나다

박상률

천년의시작

시인의 말

글둠벙이 있는 이야기밭 언저리에 살면서
하루를 한평생(一日一期)으로 알고
텅 비어 아무것도 없는 것(一空)을 느끼며
마냥 아득하고 먼 하늘(九空)을 가끔 쳐다보면서
글농사를 짓는데,
이번엔 시詩를 모아 집集을 하나 지었다

오늘도 평생의 삶을 살았다

무산서재無山書齋에서 2020년 여름
박상률

차 례

시인의 말

제1부

제1부

엎어말아국수

젊은 날 내 살던 도시 환란을 겪은 뒤
서남해안 어느 산골 암자에 스며들어
가부좌 틀고 중님 흉내 냈지
그 암자에 방부 들인 진짜 중님
절 아래 마을 식당에서
엎어말아국수 주문했단다
위에는 국수 아래는 고기!
엎어말아국수가 서양에도 있었으니
이탈리아 수도승이 머리를 감추기 위해 쓴 모자 이름이
카푸치노였다네
나중에 그게 커피를 덮은 우유 이름이 되었다 하니
역시 필요는 발명의 어머니!

똥간과 천당

완도교육지원청 관내 2개 학교에 강연 있어 아침 일찍 완도 읍 버스 차부에 도착하여 화장실에 들렀더니 옆 칸 사람의 전 화기에서 전화 건 사람 목소리가 내 칸으로 넘어왔다.

"어딘가?"
"똥간이시, 아니 천당이시!"
"일 다 보고 나믄 전화하게."
"그냥 말하게. 천당이랑께 그라네. 말해. 다 듣고 있은께."
"똥 누는 데다만 힘 써. 내 말까지 들을라고 신경 쓰지 말고."
"시방 똥 잘 누고 있단께. 워매 시원한 거! 천당 간 것 같어."
"자네가 언제 천당 가봤다고 시원하다 한가?"
"똥 잘 누믄 고것이 천당이제! 자네 아적도 고걸 모르는가?"
"모르기는…… 나도 아네. 똥 잘 누는 것이 천당 간 것하고 막상막하일 것이네!"

두 사람은 정작 용건은 나누지 않고 똥 이야기만, 아니 천당 이야기만 했다. 나는 그새 볼일을 다 보고 나와버려서 뒷이야 기를 더 듣지 못한 게 아쉬웠다.

선인장

온몸이 가렵다
땀구멍마다 뿔이 나고 있다
선인장 가시 같은 뿔이 옷을 뚫고 나온다
내가 선인장이 되고 있나 보다
이글거리는 태양 아래 온몸이 처진다
발밑엔 온통 모래가 날아와 쌓이고
비는 통 오지 않는다
─목이 탄다
나는 얼마나 더 납작하고
가늘어져야 하는가

소각

세밑에 묵은 것들을 태웠다
예순 살이 되면 태우려고 맘먹은 것 마침내 실행했다

입대 전날 내 자취방에서 자고 훈련소로 간 친구가 보낸
'군사우편' 푸른 도장 박힌 편지도 태우고
얼굴 기억나지 않는
여학생의 그림엽서도 태우고
수학여행 간 동생들이 보낸
관광 엽서도 태우고
서울 한구석에 뿌리내리기 위해
은행에서 받은 셋집 보증금 대출 통장도 태웠다
그런 게 모두 60년 목숨의 나이테이긴 하겠지만
더 이상 무슨 의미가 있겠나 싶어서였다

광주 금남로와 서울 광화문에서 쓴 시는 안 태웠다
금남로는 시를 처음 쓰게 했고
광화문은 지금도 시를 쓰게 하니까

지금 내 나이보다 십수 년 더 젊었던 아버지가
고등학생 아들에게 보낸 편지도 남겨 두었다
아버지에게 자식은 젊은 게 아니라 어렸을 테니까

심우도
—'세월호' 인양되던 날

소녀 하나, 소를 붙들고 있다
호수 같은 눈으로 소의 눈을 들여다본다
소의 눈에 겨울 바닷물이 그득하다
호수 같다
호수가 된 눈 둘
서로 마주한다
뱃고동 소리 저 멀리 멀어지면
파도의 혓바닥 등대를 삼킨다
해 지는 오후, 바닷바람 소리 무겁다

바다에 누워있던
배 한 척 뭍으로 간다
느릿느릿 소걸음이다
소를 찾던 눈동자들 뒤따른다
소녀의 눈동자 커진다
팽목항 등대 앞의 하늘나라로 가는 우체통에
소 울음이 담긴다
소녀의 울먹임도 담긴다

호수가 된 눈동자 속에 깊이 박힌 봄 바다

저승에서 받은 전화

몇 해 전 소설가 박상륭 선생이 세상을 떴을 때의 일이다. 트위터에 소설가 박상률이 죽었다고 누가 오타를 낸 채 올렸다. 이름이 비슷하다 보니 늘 혼동이 일어났지만 그때까지 겪은 일 중에 가장 황당한 일! 지인이 알려 주어 나는 트위터 기사를 일찌감치 보았다. 친구 하나가 놀라(속으론 긴가민가하면서) 내게 전화를 했다.

친구: 어딘가?
나: 저승이네.
친구: 저승? 전화 받는 것 본께 자네 살아있구만⋯⋯
나: 저승에서도 전화를 받을 수는 있네.
친구: 자네 오래 살겠네. 죽었다고 소문 난 거 보니까.

신동

소설가 박상륭 선생과 이름이 비슷하다 보니 신동이 된 일도! 고등학생들이 보는 어떤 참고서에 작품은 내 것을 싣고 약력은 박상륭 선생 것을 실어 나는 '1963년 『사상계』 신인상 당선'자가 되어 졸지에 신동이 되었으니…… 1963년에 나는 뭘 했을까? 다섯 살 먹은 아이로 죽마 타고 마을 골목을 누비고 다니던, 아직 학교에 안 들어가 한글도 모르던 때인데!

지하철에서 생긴 일

어떤 결혼식에 가기 위해 지하철을 탔다. 주말 오전이라 지하철 안은 비교적 한산. 마침 자리가 있어서 나도 앉았다. 몇 정거장 지나 노약자석에서 소리가 났다.

노인 1: 팔십 노인이 왔는데 얼른 일어나야지!

노인 2: (조용하게) 나도 앉을 만하니까 앉았소.

노인 1: (기세등등하여) 여기는 나라에서 노인들 앉으라고 한 자리요!

노인 2: 그래서 나도 앉았소.

노인 1: 이런, 예의도 모르나, 엉?

승객들 무슨 일인가 싶어 그쪽을 쳐다본다. 나도 고개를 빼서 보니, 자칭 팔십 노인이라는 분, 모자를 눌러썼는데 허리가 꼿꼿.

노인 1: 말세야, 말세! 우리나라는 동방예의지국인데 말이야.

노인 2: (손을 저으며) 나는 몸이 안 좋아서 여기 앉았소.

노인 1: (핏대를 올리며) 어디다 대고 삿대질이여!

노인 2: (어이없어하며) 내가 언제 삿대질했다고 그래요?

(계속 손을 내젓는다)

　노인 1: (더 거센 반말 투로) 그 손 안 치워! 몸이 안 좋으면 택시 타고 다니지! 이 자리는 나 같은 노인들이 앉는 자리야!

　노인 2: 나도 노인이라니까요!

　노인 1: (노인 2를 밀치며) 나는 너 같은 자식이 있어!

　노인 2: (지금까지의 공손한 태도를 버리고) 이제 사람을 치네? 뭐 팔십 먹었다고? 칠십 자식이 있어? 장가 한번 더럽게 일찍 갔네! 장가 가자마자 자식 주워다 키운 거야? 당신이 택시 타고 다니지 어따 대고 시비여!

　이때부터 삿대질을 네가 먼저 했네, 쳤네, 안 쳤네, 그게 친 거냐 등 난장판 돌입. 승객들 저마다 눈 감고 듣기만. 나도 말릴 기분이 아니어서 가만히. 그때 한 사람이 소리쳤다. '조용히 좀 합시다! 다른 데 자리도 많구만!' 내릴 정거장 안내가 나오자 나는 내렸다. 그 뒷얘기, 지금도 몹시 궁금!

천국과 지옥

어느 날 지하철을 탔더니 어떤 사람이 협박조 팻말을 들고 지나간다.

'예수천당 불신지옥'

'외국은 재미없는 천국이고, 한국은 재미있는 지옥'이라는 말이 있는데, 요즘 상황을 보면 한국은 여러 가지로 '재미도 없는 지옥'인 것 같단 말이야…… 대부분의 사람들이 사는 재미도 없다 하고, 하루하루가 지옥 같다고 한다. 누가 대한민국을 재미도 없는 지옥으로 만들었나?

세상일에 무관심하고 무조건 예수만 믿어서 천당 가자는 말에 솔깃해할 이는 없을 터(있나?). 절집에 있는 말(절대로 천기누설 아님!)을 빌려 말하자면, 스님 아니면 팔만 사천 지옥을 다 채울 수 없단다. 이 말대로 하자면, 목사 아니면 지옥을 다 채울 수 없다는 말도 성립할 터. 그런데 요샌 스님이나 목사 말고도 지옥을 채우고자 하는 지망생들이 너무 많단 말이야.

학번

어느 만화가랑 저녁밥 먹는데
좌중의 한 사람이 자꾸만 그이한테 학번이 어떻게 되느
냐고 묻는다
그 만화가의 만화 한 편도 본 적이 없을 것 같은 사람이
자꾸만 학번을 묻는다

모두들 짜증이 났다
유명하면 다 대학 나왔나?

그 만화가는 웃으면서 자신의 중학교 시절 이야기를 신
나게 해주었다
자신은 대학을 다니지 않았다며.

난 그때부터 국민학교 입학 년도를 학번으로 말한다
그래서 65학번!
그 65학번도 아무나 되지는 못했지만……

메별
—승僧 석 아무개가 떠난 밤에

음 사월 보름에 뜬 달이 나를 지켜보고 있다. 산등성이를 기어올라 와야 있는 나의 조그마한 토굴. 그 토굴을 찾아 돌아오는 나를 음 사월 보름에 뜬 달이 지켜보고 있다. 잘 익은 달, 아주 곱게 익은 모습. 달 속엔 토끼가 보인다. 달 속엔 계수나무가 보인다. 아니, 달 속엔 부처가 보인다. 음 사월 초파일날 들어앉은 부처가 아직도 달 속에서 웃고 있다. 그가 어디 갔다 오는 길이냐고 한마디 건네 온다. 난 대답 대신 웃어주었다. 다 알면서…… 다 알면서……(사실 나는 내 다녀온 곳을 모른다.)

호수 풍경

호수는 가슴이 넓다

그 가슴속에선 얼마 전부터 이끼가 자란다
이끼는 자꾸만 자란다
마침내 이끼가 가슴속을 가득 채웠다

호수는 더 이상 가슴이 넓지 않다

호수는 가슴이 답답하다
아침저녁으로 이끼를 토해 내고 싶다
바다가 되고 싶다

바다는 호수보다 가슴이 넓다

이끼도 자라지 않는다

무등의 말

나는 산이올시다.

여름이고 겨울이고 봄이건 가을이건 그 자리에 짠하디짠
하게 앉아있는, 그러나 푸지고 푸진 것들 품 안에 힘껏 보
듬고 사는, 높거나 낮거나 좋거나 나쁘거나 하는 등급이 없
는 무등無等이올시다.

아, 무엇보다도 저 아래 피어난 오월 딸기꽃 숨소리까지
듣고 있는 난,

나는 산이올시다.

무산無山

산외무산山外無山(산 밖엔 산이 없고)에다
곡외무곡谷外無谷(골짜기 밖엔 골짜기가 없고)이며
심외무심心外無心(마음 밖엔 마음이 없고)이지요
게다가
무등산無等山은 높고 낮은 등급이 없는 산이고요

망월동에서

시작이라면, 이대로 끝나지 않는 시작이라면 나는 그들을 만나도 된다. 아니 나는 누군가를 기어이 만나야겠다. 나의 입술에 은은한 유채꽃 내음 묻지 않아도 나의 손길에 보드라운 달빛 한 가닥 잡히지 않아도 나는 망설임 한 줌 없이 그 누구를 만날 수 있다. 남몰래 넘치도록 자라버린 바람 소리도 나이테마다 그어놓은 세월 저쪽의 노을빛도 누군가를 만나면 나눠 가져야겠다. 끝이라면, 다시 시작하지 않아도 되는 끝이라면.

월출산*

달의 울음이
바위 뼛속 깊이 박힌다
가만히 귀 대고 바위 뼛속에 흐르는
울음소리 듣는다
달과 바위를 품은
밤 깊은 산

* 월출산: 전남 영암군에 있는 산.

제2부

길에서 개손자를 만나다

경기도 어디를 가는데 교통수단이 마땅치 않아 하는 수 없이 차를 몰고 나갔다. 서울을 벗어나 안양 인덕원쯤 지날 때 차에 기름을 넣기 위해 좌회전 신호를 받으려고 기다리고 있는데 갑자기 중앙선 넘어 옆으로 승용차 한 대가 오더니 창문을 내린 뒤 운전자가 나를 보고 소리쳤다.

"야, 이 개새끼야!"

나는 영문을 몰라 창을 내리고 물었다.

"개손자님, 왜 그러십니까?"

그랬더니 내가 자기 차 앞에 있어서 U턴을 못 한단다. 그 차로는 U턴하는 차로가 아니고 좌회전만 하게 되어있다 했더니 내가 비켜주었으면 앞 신호를 보고 차 없을 때 얼른 차를 돌릴 수 있었는데 그러지 못했다나……

나는 젊었을 때 대학의 문예창작과 희곡 시간에도 학생들에게 어떤 작품 읽어주면서 대사에 '개새끼'가 있으면 글자를 풀어서 '가이사이끼'라고 할 정도로 '개새끼'라는 말을 싫어한다. 60대인 내가 개의 '새끼'이면 40대로 보이는 그는 개의 '손자'가 마땅해서 그렇게 물었을 뿐.

지랄 총량의 법칙

강연 가서 만난 중학생 아이들
과학 시간에 배웠단다
어떤 물질이 화학 반응을 일으켜
다른 형태의 물질이 되더라도
전체의 질량은 똑같다는 것
(이를 질량 보존의 법칙 또는 질량 총량의 법칙이라 한다지)

십대 때 지랄을 떨지 않으면
나중에 어른 되어서 지랄을 떤다고
중학생일 때 지랄을 다 떨어버려야
어른이 되어서 지랄을 떨지 않게 된다고 했단다
자기네들 담임 선생님 그 말씀 하시면서
아주 심각하셨단다

아이들 이구동성으로
혹시 우리 담임 선생님이 지금 지랄 떠는 중이실까요?

거리의 낱말 읽기

'눈길 위험 미끄럼 주위'
주의 받으며 주위 둘러보며
휴게소에 들어갔네
간판이 휴게소여서, 쉬면서 계산하는 곳인 줄 알았더니
술 파는 휴게소이네
'안주 일절'이라고 벽에 붙어있는 것 보고
안주는 안 주려고 안주 일체가 아니고 안주 일절이구나,
라고 생각하여
안주는 일절 시킬 수 없다는 핑계 아닌 핑게 대고
그냥 안 나오고 기냥 나왔다

나는 밥이 맛없던 적이 없다

어떤 노시인이
나는 아직도 밥이 맛있다!
그랬것다.
글심은 밥심에서 나온다는 얘기렸다.
근데 나도
밥이 맛없던 적이 없다!
그럼 내 밥심도 그런대로 괜찮은 건가?
그러면 뭐해?
밥심이 글심으로 이어져야지!

제주 하늘에서

제주 가는 비행기의 기장
"지금 제주에는 비가 많이 내리고 있습니다"

그 말 들으니 고향 진도에서 어릴 때
비 온다고 하는 라디오 듣자고 하시던 노인들 떠오른다
오랫동안 가물면 비 온다는 방송 틀라고 하시던 촌로들
목포엔 비 예보가 없지만 제주엔 비 예보
이건 나무가 움직이면 바람이 불어야 하는 것과 같은 이치
비 온다는 방송이 있으면 비가 와야 한다!
여름 석 달 농사 지어 제주 삼 년 먹여 살린다는 말도 있었지
제주에선 논농사를 지을 수 없다는 그 말
제주 공항 자리, 아니 정뜨르 비행장에
사람이 많이 묻혔다는 사실 알기 전에 들었던 그 말

재능 기부

죽어 썩어 문드러지면 구더기가 파먹어도 꼼짝 못할 몸
뚱어리
(내 죽으면 태워버리라고 했지만)
아끼고 아끼면서, 조심하고 조심하면서
육십 고개 지구다나, 포도시, 가까스로, 겨우 넘어왔건만
그게 다 무슨 소용?
그나마 글을 쓸 때 내가 살아있다는 걸 느꼈는데
(제법 그럴싸한 말투)
글쟁이가 글농사 아닌 혀농사를 짓느라
(요즘은 책 읽는 사람이 별로 없어서)
조선 팔도 방방곡곡 뛰어다니고 있는 형편
(장돌뱅이가 따로 없다)
고향의 노모는 장돌뱅이 하느라 몸도 무겁고
내주는 보따리도 무거우면서
받는 보따리는 너무 가벼운 것 아니냐고 늘 걱정
사실 내 걱정은 받는 보따리 가벼운 게 아니라
나더러 재능 기부하라면서 내 보따리만 받고
자신들의 보따리는 아예 주려 하지 않으려는 이들 때문
에 생기는데
내 재능은 보따리 주면 받을 줄도 아는 건데

(그런 재능을 기부하라고?)

재능 기부라 강연 못 가겠다고 하면

작가가 돈을 너무 밝히면 못쓴다고 훈계한다

(그 순간 나는 졸지에 고상하지 못한 인간이 되고 만다)

전직 청와대 입주자들인

노 씨 대통령 말투로 하면

'작가 못 해먹겠다'

박 씨 대통령 말투로 하면

'내가 이러려고 작가가 되었나. 자괴감이 든다'

소설가 한창훈의 '공부는 이쯤에서 마치는 거로 한다'라는

산문집 제목 말투로 하면

'작가 인생은 이쯤에서 마치는 거로 한다'

나는 촛불 집회 때 말곤 청와대 근처에도 가보지 않았기에.

흰 달이 되어버린 사내 소월素月과, 그의 소녀

삼수갑산 어디쯤
산 그림자 지자마자
한 뼘도 안 되는 하늘에 흰 달이 떠오르고
소녀 하나 달 그늘 속에 웅크리고서 훌쩍인다.
소쩍소쩍 접동새 이 산 저 산 옮겨 가며 우는데
소녀야 어이하여 같이 울음 우는가
앞산 뒷산 다 귀 닫아
울음소리 더 짙다.
소녀의 울음 이내 곧 접동새 울음 되고
접동새 울음 다시 흰 냇물 울음 되어
첩첩산중을 휘돌아 나가네.
장사 나갔다 얕은 냇물 휘젓고 돌아오는
술 취한 아비 발걸음 소리일까
야반도주하느라 바삐 고개 넘는
청춘 남녀 거친 숨소리일까
바람은 자꾸만 사람의 소리를 날라다
흰 달 아래에 내려놓는데
그때마다 하늘 멀리 더 높아져만 가는 흰 달.
접동새 울음소리 희미해져 가고
마침내 흰 달이 저물어도

산골 빠져나가는 냇물 소리 그치지 않고

고개 넘는 바람 소리 잦아들지 않아

소녀는 아직도 웅크린 몸을 펴지 못하네.

어둠이 사위를 감싸 안을수록

앞산 뒷산 서로 몸이 닿게 더욱 가까워지는데

이마 맞댄 앞산 뒷산 비집고 올라가

굳이 흰 달이 되어버린 사내

오늘은 어느 밤 깊은 하늘에 떠서

소녀를 내리비출까나

'살기에 이러한 세상이라고

꽃 지고 잎 진 가지에 바람이 운다'*면서.

* 김소월의 시 「낙천樂天」 중에서.

김준태 시인 약전略傳

시인 김준태 선생이 1980년 광주 5·18 민중항쟁이 있은
지 며칠 뒤인 6월 초 《전남매일신문》에 실어서 뭇사람들의
상처를 어루만져 주었던 시 「아아, 광주여 우리나라의 십자
가여!」 오랜 세월이 흐른 뒤 그 시의 영역본 발간에 맞춰 갖
는 자리였다.

많은 참가자들의 이런저런 축사와 회고담도 들을 만했
지만 나는 무엇보다도 시인 문병란 선생의 결혼식 비화(?)
가 좋았다. 김준태 선생이 학생 때 한일협정과 월남 파병
을 반대한 시위 이력 때문에 고향인 전라도에서 직장을 구
하지 못하고 멀리 경상도 사천에 교직을 구해 갔다가 결혼
까지 한 사연⋯⋯

진주에서 결혼식을 했는데 김준태 선생 재직 학교의 교
장 선생님이 주례를 서기로 했다가 하필 당일 무슨 변고가
생겼단다. 이에 하객으로 참석했던 문병란 선생이 주례를
서게 되었다는데⋯⋯ 문병란 선생은 막 마흔 살로 아직 주
례 '개업'을 하지 않은 때 엉겁결에 주례 '데뷔'를 했다고 너
스레. 하객들이 신랑 '친구'들이 사회도 보고 주례까지 본다
고 수군수군. 하여튼 주례사가 감동 있어 신랑이 울다가 아

예 식장 밖으로 나가 버렸다 하네!

　문병란 선생이 '감동적'이었다는 주례사는 들려주지 않아
무슨 내용이었는지 알 수는 없지만 그 전에 신랑에게 이런
얘기는 했단다. 아무리 사람을 좋아해도 하숙집 딸하고는
결혼하지 마라 했다는데, 신부가 하숙집 딸이더라고……
이 대목에서 김준태 선생은 처가의 명예 회복(?)을 위해 해
명해야겠다고 한 말씀 하셨다. 당시 처갓집은 전문 하숙집
이 아니고 임시로 총각 선생을 두 달 맡아주었다면서! 재직
학교의 교감 선생님이 음식 잘하는 장모에게 두 달만 하숙
을 쳐달라고 해서 그리 됐단다…… 나중에 문병란 선생은
이 대목을 수정하여 폭소!

　김준태 선생의 시 「참깨를 털면서」에 보면 할머니랑 참
깨를 터는데 할머니가 참깨를 털 때 모가지까지 털어선 안
된다고 이르신다. 어려서 할머니께 들은 '모가지까지 털지
않는 따스한 마음'이 김준태 선생의 삶의 원칙이 된 성싶기
도…… (근데 그 할머니가 내 고향 진도 '큰애기'였다고 언젠가 김 선생
님이 들려주신 바 있다.)

막걸리 보안법

박 머시기가 청와대 입주자였던 어느 날 저녁, 아이가 시켜 먹은 치킨집 배달 상자에 이런 문구가 적혀 있어 놀랐다.

'북한은 빼고 남한에서 제일 맛있는 치킨!'

북한은 빼다니? 그럼 북한에 더 맛있는 치킨이 있다는 얘긴가? 아마 자기 집 치킨이 가장 맛있다는 걸 강조하다 보니 이런 말이 나온 것 같다. 그렇다면, '북한은 모르겠고~'라고 해야지…… 내가 다 걱정이 된다.

유신 시대 같으면 이건 '막걸리 보안법'에 걸릴 사안. 그때 막걸리 마시면서 세상에 대해 불평만 해도 잡아가던 시절…… 유신박의 딸 유신녀가 청와대 주인이 된 뒤로 자기 검열에 걸려 나도 모르게 몸서리치고 있다. 아프다……

1월이 되면 국사책을 생각한다

1월이 되면 국사책을 생각한다. 현대사의 남은 쪽수는 또 어떤 일로 채워질까? 올해엔 무슨 일이 일어나서 국사책 끄트머리에 오를까? 소망을 우선 말하자 1월이니까. 국사책이 더 이상 두꺼워지지 않으면 좋겠다. 지긋지긋하고 위태위태한 사건들을 원인에다 배경에다 과정까지 그려 넣고 결과에다 영향까지 색칠해서 현대사 귀퉁이에 쑤셔 박아야 하는 그런 일들은 이젠 일어나지 않으면 좋겠다.

1월이 되면 국사책을 생각한다. 문학 서적처럼 안심하고 읽을 수 없는(요즘엔 소설책도 시집도 역사책 같더라만) 우리나라 국사책을 안쓰런 심정 되어 생각한다. 올해엔 가슴 덜컥 내려앉는, 신문에서부터 감자만 한 글씨로 때려 박듯이 적어야 하는 일들은 터지지 마라. 제발이다.

사랑공화국

단군 할아버지께서 이 땅을 나라 터로 정하신 이래 그다음 할아버지 또 그다음 또 그다음 하고도 까마득한 뒤의 할아버지들이 살다 가신 우리 조국 사랑공화국. 거리마다 집집마다 사랑이 사랑이 사랑스럽게 넘친다. 거리엔 사랑의 이름으로 울긋불긋 알록달록한 영화 간판이 동지섣달에도 사랑하니까 사랑하니까 젖퉁이 내놓고 아랫도리 맨살로도 추운 줄 모르며 엷은 입술로 서양식 사랑을 보여 주면 집집의 안방에선 아들 손자 며느리 둘러앉아 삼각으로 오각으로 자꾸만 각 지어 나가는 우리식 사랑을 테레비로 배운다. 도대체 저 사랑의 각은 몇 도나 될까? 분도기로 열심히 재는데 그 사이 라디오란 놈은 이젠 싸라앙은 싫어, 싸라앙은 싫어, 악을 쓴다. 사랑이 싫어 싸라앙이 될 때 교회에선 사랑의 이름으로 이웃은 물론 원수까지 사랑하게 하소서, 어린 양을 인도해 주사이다 목사님 설교 한창인데, 사랑의 이름으로 태어난 어떤 아이들은 원수로 갈라선 부모 두고 새로운 사랑 찾아 사랑공화국을 떠난다. 싸라앙공화국을 떠난다.

하나짜리 말

두어 해 전 한글날. 아직 깜깜한 '밤'인데 '잠'을 자다가 '등'이 배기고 '목'이 아파 '잠'을 잘못 잤나 싶어 '손'으로 '눈'을 비비며 일어났다. '집' '밖'을 내다보니 깜깜한 어둠이 어렸을 때 '새'가 들어간 굴뚝 '속'을 들여다보는 것 같은데 '별'은 보이지 않고 '비'가 흩뿌리기 시작하며 마당의 '땅'을 뒤집어 '흙'냄새를 일으킨다. 태풍이 온다는 말이 맞는 듯…… '글'을 챙길까 '밥'을 챙길까 하다가 엊저녁에 보다 둔 지도책을 펼쳐 강연 갈 지역의 '길'을 점검하며 교통편을 챙긴다……

국경일이어서 하루 쉬는 한글날을 다시 맞아 우리말 팔아먹고 사는 작가로서 감회가 없을 수 없으니…… 한 글자로 이루어진 우리말이 생각보다 많아 한번 꼽아보는데, 글/밥/길/달/해/별/낮/밤/잠/꿈/비/눈/꽃/집/떡/술/밖/안/속/물/불/꿀/손/발/등/낯/턱/눈/코/입/귀/혀/목/닭/개/소/말/뱀/땅/흙/쥐/돈…… 꼽자니 한이 없다. 그런데 '쥐'와 '돈'에서 깬다! 두 말에서 어떤 청와대 입주자가 떠올라서다. 이 가운데 내가 좋아하는 말은? 당연히 글/밥/길!

진언眞言

때로 어떤 상처는 참말로 세월이 약이다, 가 아니다

허언虛言

때로 어떤 다짐은 빈말로 세월이 약이다, 가 아니다

막말질

어렸을 때 촌로들한테 들은 말 하나. 젊은 사람들이 막말을 하거나 악다구니를 쓰면 노인들이 혀를 끌끌 차면서 하던 말이다.

"조물주가 사람을 맹글 때 입을 젤 난중에 맹글었는디, 가죽이 쪼깐 부족했디야. 그려서 입을 터진 채로 헐 수 없이 기냥 뒀다는구만. 똥구녁도 주름지게 맹글어 잘 닫히게 했음시롱……"

이 말은 막말을 하는 입은 똥구멍보다 못하다는 뜻 아닌가?

요즘엔 '지적질'이라는 말도 쓰던데, 조만간에 '지적질'이라는 말과 '막말질'이라는 말이 사전에 표제어로 오를지도 모르겠다, 는 생각이 든다

제3부

회갑

이녁 먹을 것 챙기기도 힘든데
개 끼니까지 챙기려면 너무 힘들어서
검문도 해주고 재롱도 떨어주며 자식 역할 해주는
진도개도 없이 노모 혼자 지키는 진도 고향 집
남도에 강연 있어 갔다가 들렀더니
노모, 나를 보며
'오메, 으짠다냐. 아들이 머리가 히케질 때까정 사네!'
그러면서
'올해 니 환갑이다……'
내가 회갑이라니?
나는 항상 어머니의 어린 아들인 줄 알았는데……

고告

조상께 제사 지내는 추석 차례상 앞에서
늙은 어머니 고告하신다

아버님 어머님 죄송합니다
인자 시향時享으로 올릴 것인께
거그서 제삿밥 얻어 잡수쇼
조상님들 합동 제산께 거그가 더 걸지도 모릅니다
아부지 어무니, 제가 더 제사를 모셔야 하는데
40년 제사 모시는 동안 지도 늙어 거동이 어렵고
장손이 제사를 가져갔제만
손주메느리도 지 몸 하나 건사하는 것이 심듭니다

늙은 어머니 슬쩍슬쩍 할아버지 할머니 원망도 하신다

나도 이렇게 앉은뱅이 안 되고
손주메느리도 몸 활발하믄 제사 모시는 게
뭐가 어렵겠습니까만
대를 이어 며느리들 션찮아 더 이상은 어렵겠습니다
진작에 쪼깐 굽어살피제 이 지경이 되도록 보고만 계셨
습니까?

내 죽기 전에 제사라도 정리해 주어야 쓰겠다 싶어 이러
는 것인께

너무 나무라지는 마십시오

노모와 고양이의 생존법

노모 심심할까 봐

길고양이가 담장으로 화단으로 왔다 갔다 하더니

한동안 보이질 않았다

"고것이 어디로 갔을까? 요새는 통 꼴새를 볼 수가 없단

께……"

노모 말 듣기라도 한 듯 배가 잔뜩 불러가지고 나타난 고

양이

마당 끝 헛간에 몸을 풀었다.

노모, 당신 먹으라고 둘째 딸이 끓여서 봉지에 넣어둔 미

역국 데워 가지고

고양이에게 갔다

"말 못 하는 짐승이제만 몸 풀고 을매나 힘들었냐. 어서

미역국 먹고 새끼덜 젖 많이 쥐라잉"

고양이, 노모 말 알아듣는 듯이 미역국을 달게 비웠다.

고양이는 사흘 동안 노모에게서 미역국을 받아먹었다

"니가 보다시피 나는 몸이 션찮어 지팡이 짚고 지구다나

여그까지 왔다.

미역국 먹고 기운 잠 냈으믄 성한 사람 사는 디로 가그라

내처 내가 산후조리 했으믄 쓰겠는디 나는 내 밥 챙겨 먹

기도 힘들어 너까정 건사 못 하겠시야……"

아침에 그렇게 말을 했지만 저녁 때가 되자 헛간의 고양이 식구가 걱정되었단다

헛간을 들여다보니 고양이 식구 다 사라지고 없다

"고것이 영물이여야. 내 말을 알아듣고 다른 디로 가부렀단께"

고양이가 사람 말을 알아들었을까?

새로 온 면직원? 새로운 도둑놈!

'새로 온 면직원입니다

몇 가지 조사할 것이 있습니다

이 집엔 절구통도 구유도 있고, 옛날 책도 많군요

자제분들 성함은 어떻게 되십니까?'

늙은 어머니 새로 왔다는 면직원이 다정히 묻길래

새 면직원이 인사차 가정 방문 다니는 줄 알고

묻는 대로 자세히 일러주었다

며칠 지나 낯익은 면직원 마을회관 들렀길래

그 얘기 했더니 면에 새로 온 직원도 없고 그런 조사 할

일도 없단다

그러면 새로운 도둑놈?

좋은 모습

광주의 한 병원에 계시는 어머니의 생신을 맞아 전국에 흩어져 사는 자식들이 다 모였다. 나를 보자마자 어머니 왈,

"바쁜디 뭣 할라고 왔다냐. 안 와도 쓴디."

"아따, 동생들도 바쁘긴 마찬가지제! 나만 바쁘다요?"

고향 집을 못 지키는 것에 대해서도 몹시 자책.

"내가 집을 지켜야 허는디, 여그서 요라고 있은께 으짜까. 집도 사람 훈짐*이 있어야 되는디……"

내가 무슨 말을 할 수 있으랴. 거동이 불편하신 어머니의 마른 장작개비 같은 종아리만 쓰다듬을 뿐.

"운동 많이 혀서 다리에 힘 생기게 허쇼. 그래야 날 풀리믄 집에 가셔서 활개 치고 지내제!"

"날마다 발태죽** 띠는 운동 하고 있다."

"그래야제라. 꾀부리지 말고 열심히 운동해야 집에 가요잉."

같이 간 아들 녀석한텐 할머니가 좋은 모습 못 보여 주고 이런 꼴 보여 주어서 미안하다고 하셨다.

"아이고 내 강아지 왔냐. 할마니가 이라고 있은께 미안하다. 좋은 모습도 못 보여 주고. 늙은께 맨날 이런 꼴만 보여 주게 되는구나."

* 훈짐: 훈김.
** 발태죽: 발걸음.

채석강에서

강이 책을 끌고 와 바다에 닿자마자 힘이 다해 부려놓았
을까?

아니면 바다가 책을 강으로 밀어 올리려다 힘에 부쳐 그
만두었나?

몹시 궁금하여

옛날에 강이 있어 강물이 바다로 흘러들었나 살펴보았지만
그도 저도 아니고

바다의 파도와 바람이 책을 읽다가 싫어져 책을 쌓아둔 듯
하다

변산반도의 채석강은 책을 수만 권 쌓아놓은 듯한 형상
이지만

사람들은 이제 책을 떠올리지 않는 듯,

온갖 구조물과 쓰레기와 낙서와……

책의 형상을 배경으로 휠체어를 탄 노모의 돈아豚兒가 되어

노모를 가운데에 두고 바로 밑 동생과 함께 사진 한 방 박
는데

앗, 바로 앞에 보이는 엿 가게의 엿판 아래 펄럭이는 펼
침막!

'미국엔 비아그라 한국엔 엿먹그라'

엿의 효능이 무지하게 좋다는 선전 문구 같은데

그 순간 뜬금없이 떠오르는 중국 고사 하나

당나라 때 이태백이 달 잡으려다 빠져 죽은 강이 채석강이었다는 고사

(이태백이 강에 내리비친 달을 잡으려다 빠져 죽긴 했나?)

거기서 채석강 이름이 유래했다지

(사대주의?)

그렇다면 몇백 년 후

(그때 사람들은 지금 같은 책의 형태를 모를지 모르므로)

채석강 이름이 '엿먹그라'로 바뀔지도 모르겠다는 생각을 한다

(신사대주의?)

효자 아들

고향 진도에 계신 어머니 거동이 어려워서
여동생이랑 광주의 병원으로 모시고 갔다
환자용 승강기 타려는데

오메 이런 이삔 한마니도 아퍼서 병원 왔다요?

우리 어머니 두고 하는 어느 할머니의 말씀
그 할머니도 거동 불편하기는 마찬가지
할머니, 자신의 처지를 해명한다

내사 촌에서 산께 이라요만……

곧바로 이어지는,
할머니를 부축한 할아버지의
헉헉거리는 말씀

완도서 새벽밥 먹고 오니라 혼났소
마누래 아픈께 내가 다 죽겄구만
아들며느리가 아조 효자구만이라

>
여동생과 내가 효심 지극한 아들며느리로 보였나 보다
그 순간 속으로 찔렸다
고향 집에서 혼자 지내시는 노모
오늘 아침에야 가까스로 병원으로 모시고 온 처지라……

우아래 집 삼시롱 한 번도 어면 일 없었은께

완도에서 두 군데 강연을 한 뒤 진도 고향 집에 들렀다. 하루 종일 아들을 기다린 노모가 반가워하신다. 방으로 들어가 앉자마자 노모가 묻는다.

"넘들 앞에서 하루 쬥일 말허느라 을마나 힘들었냐? 오메 얼굴이 아주 못씨게 되아부렀네. 저녁은 으찌께 혔냐?"

"오다가 먹었지라."

"끼니 거르지 말고 꼬박꼬박 챙겨 먹어사 쓴다. 이참엔 추석 쇠고 갈라냐?"

"내일은 가야지라."

"낼모레가 추석인께 나는 그때까정 쉴 줄 알었는디……"

전화로 하룻밤밖에 못 잔다고 말씀을 드렸는데도 노모가 몹시 아쉬워하신다. 나도 아쉽기는 마찬가지다.

"쉴 수 있는 팔자믄 얼마나 좋겄소!"

"늙은께 속이 없어져야. 바빠서 죽을 시간도 없는 자석인 줄 암시롱도 막상 본께 안 갔으믄 하는 맴이다……"

"나도 한 열흘 어무니 곁에서 잠만 자다가 갔으믄 좋겄소만 그럴 형편이 못 되구만이라. 월요일 아침에 토론회 있은께 일요일 날은 자료도 준비해야 허고, 오후엔 강의가 두

64

개고……"

"으짜든지 몸 조심혀라. 몸을 너무 고되게 하는 것 같아서 걱정이다."

어머니 거동이 더 힘들어 보여 걱정스레 한마디 했다.

"걷는 것이 갈수록 힘든 모양이제라."

"뭔 병이 이런 병이 있을까. 속창시는 성한디 일어서고 걷는 것이 심들어야."

그러면서 얼마 전에 세상을 뜬 아랫집 할머니 얘기를 하신다.

"우아래 집 삼시롱 한 번도 어면 일이 없어놔서 더 서운해야…… 아짐씨 죽고 나서 충격이 솔찬허단께. 인자 나도 부르겄제…… 먼저 가 있음시롱 마을 할마니덜 하나둘썩 불러가겄제. 이 동네에도 송장이 여럿이거든……"

집안 항렬로 어머니한테 아주머니뻘이 되는 아랫집 할머니. 얼마 전에 93세를 일기로 세상을 뜨셨다.

어머니가 걸으셨다

어머니가 입원해 계시는 요양병원이 막내 동생집 근처라
동생이 전화로 노모 근황 전했다
'아까 퇴근하면서 어머니 뵙고 왔는데
운동을 열심히 하고 물리치료 잘 받아서
지팡이 짚지 않고 몇 발짝 뗍디다'
동생의 말 듣자 50여 년 전 어릴 때 생각난다
동생 또래가 아기일 때 '소아마비'가 유행하여
그 병에 걸린 동생도 일어나지 못하다가 일어서자
내가 깡통을 두들기며 좋아했다는
돌아가신 아버지의 어느 날 일기장
이제 어머니가 걷는다고 그 동생이 좋아한다

입 하자는 대로

병상의 노모, 밥을 잘 안 드시려 한다
식사 때마다 노모의 볼멘소리
"내가 안 먹을라고 해서 안 먹는 것이 아녀야
도통 입맛이 읎어야
병원 음식이라서 그란지 먹잘 것도 더 읎어야……"
나는 한 숟갈이라도 더 먹이려 실랑이하다 맥이 풀리자
어렸을 때 노모가 하신 말씀 돌려주고 말았다

"어무니, 입 하자는 대로 허지 마쇼잉!"

남남

서울 남산에 있는 어느 대학에 특강 갔다
10여 년 세월 동안 훈장 노릇 하던 곳
학생들은 2년 만에 하산하는데
나는 10년 동안 하산하지 못하고 수도하던 곳
그래도 그들은 모교라 하는데 나는 모교가 아닌 곳
훈장 노릇 그만해도 학기초 특강은 계속

강의 끝나고 시인 소설가인 선배 훈장들과
남산에서 하산하여 명동역 근처에서 저녁 먹고 한잔
그 옛날 술집 마감할 때 틀어준 노래처럼,
이제는 헤어질 시간,
지하철 명동역 입구에 서서
무심히 오가는 여대생들 바라본다
많은 학생들이 검은 머리 갈색으로 물들였는데
훈장들 머리엔 내남없이 하얀 서리가 내렸다

선배 소설가 훈장 왈,
모르는 남남처럼 뒤돌아보지 말고 갑시다
선배 시인 훈장 왈,
외항선에서 막 내린 선원들처럼 어디로 가는지 묻지 말고

갈 길 바빠 갑시다

마침내
오가는 인파 속에 우리 모두 전혀 모르는 남남이 되었다

오월이면 춘향이는 그네를 타고

오월이 따스한 봄볕으로밖에 기억되지 않는 중절모 쓴 멋쟁이 시인들에게 사람을 뱀보다 복사꽃보다 뻐꾸기보다 더 사랑해 달라고 하는 건 아무래도 무리일 거야. 오월을, 사람이 죽고 다치고 끌려간 그해 오월을 온 몸뚱이로 산 사람들 이제 눈을 부릅뜨고 자리에 서니, 저마다 간직하고 있는 봄볕의 따시로움이 걷히는 게 도저히 싫은 중절모 시인들은 언제나 바람의 편에 서서 오월의 사람들을 쏘아본다. 오히려 바람보다 더 독한 혓바닥으로 서릿발 같은 국법을 들먹이며 오월에서 사람은 몰아내고 저 사랑스러운 춘향이의 향수와 뱀과 꽃과 새들만 남기고 싶어한다. 우주 간에 생명 아닌 것 없느니라 내숭까지 떨면서.

오월이면 춘향이는 그네를 타고
춘향이만도 못한 사람은 나가라, 나가라,
다, 나가라!
한다.

자화상, 겨울의

한복집 마네킹이 웃고 있다.

신림동 천변 큰길도 아닌 뒷길 골목의 조그마한 한복집 마네킹이 웃고 있다. 물방울을 뿌려놓은 듯 잔잔한 무늬에 옷고름까지 얌전하게 맨, 얼핏 봐도 늘씬하고 기품 있어 보이는 한복집 마네킹이 웃고 있다. 골목에 서양 여자라곤 일 년 가야 한두 명도 지나지 않지만 한복집 마네킹은 서양 여자다. 신림동 천변 큰길도 아닌 뒷길 골목의 조그마한 한복집 마네킹은 하필 노랑머리에 서양식 웃음이 세련됐다.

진열장 앞에는 흰 종아리 싱싱하게 드러난 짧은 치마 입은 가시나 둘이서 아까부터 추운 줄도 모르고 한복 입은 서양 여자를 보며 껌을 씹어대고 있다.

이 겨울에

돌아가는 길
―광양 제철소 문 열던 날

준공식 잔치는 흐벅지게 벌어지는데
아버진 잔치에 어울리지 못하고
육십 고개 넘어온 길 되돌아가고 계십니다
질퍽했던 동네 앞 갯벌 바닥
이제는 쇠붙이 달궈 내는 제철소 마당 되어
큰아들 둘째 사위 줄줄이
월급쟁이 되었지만
일터 잃은 아버진
제철소 굴뚝 연기보다 더 짙게 삭아버린
한숨 소리 뱉어내며
육십 고개 징한 고개
발길 돌려 다시 내려가고 계십니다
제철소 매끈한 굴뚝 사이론
휘황찬란한 오색 종이 흩날리고
하늘 닿은 지붕 위엔
고무풍선 둥둥 떠다니는데
아버지의 핏발 선 눈자위에 밟히는 건
그 뺄밭 그 바다에서
육십 평생 다리 걷고
갯일 물일 아스라이 저문 세월,

그렇게 저문 세월입니다
멀리서 가까이서 높은 사람 보통 사람
꾸역꾸역 모여들어
요란하게 쳐대는 박수 소리에
골 진 이마빡 주름살은
물 들어오지 않는 갯바닥 등짝처럼
탱탱 말라붙어 물기를 잃었고
굴뚝 연기 솟아오르는 하늘은 온통 먹빛입니다
그 먹빛 하늘 아래
아버진 숯덩이 된 가슴을 던져놓고
터벅터벅 돌아가고 계시는 중입니다

서쪽 하늘에 간당간당 걸려 있던 해는
슬금슬금
검은 구름 뒤로 몸을 숨깁니다

바다로 간 사내

추석 지난 가을이었다
물질하던 아내는 뭍으로 품 팔러 가고
꼬막 캐던 딸년은 어디로 갔는지 모른다
가을 내내 그는, 그물코만 만졌다

늘어진 한숨 가락을 씨줄 삼고
밭은기침 장단을 날줄 삼아
그는 날마다 그물을 짰다
그물로 바다를 건지고 싶은 것이다
그러나 바다는 멀다

날이 갈수록, 바다는 자꾸만 멀어져만 간다
벼르고 별러 바다에 나간 그는,
마침내 바다에 그물을 던졌다
담배 한 대가 다 타들어 간 뒤
그의 그물에 펄 흙 담긴 콜라병 하나가 걸렸다
세월이 하 수상하다

그는, 더욱 먼 바다로 갔다

제4부

백년의 약속

'내가 선택한 사랑의 끈에
나의 청춘을 묶었다~'
가수 김종환이 부른 〈백년의 약속〉 시작 부분
1919년 3월 1일로부터 100년
'우리가 선택한 독립의 끈에
우리의 전부를 묶었다~'
그때 한반도 백성들은 태극기를 들고
독립을 외쳤지만
독립은 쉬이 오지 않았다
1945년 일본 제국으로부터 독립이 되었어도
그때부터는 남북으로 나뉘어
양쪽 다 독재정권의 지배가 시작되었으니
오호통재라!
이제 또다시 백년의 약속을 해야 하는가
2019년의 3월에
다시 해야 할 백년의 약속은?

혁명의 이름

시인 김수영은 4 · 19 혁명이 스러지자
'혁명은 안 되고 나는 방만 바꾸어버렸다*'고
읊조렸지.

3 · 1 혁명 전에는 동학혁명이 있었고,
4 · 19혁명에 이어 5 · 18 광주민중항쟁**도 있었고,
5 · 18광주민중항쟁이 있기 한 해 전엔
부마민주항쟁***도 있었고,
80년대 후반엔 6월항쟁도 있었고
최근에는 촛불혁명****도 있었지.

고비마다 혁명이 있었는데
진짜 혁명은 안 이루어지고 있으니
계속 혁명이 또 있어야 하는가?
그렇다면 도대체 혁명의 이름을
얼마나 자주 바꾸어야 하는가?
앞으로도 또?
앞으로도 또?

지랄이 풍년

반가는 대통령 후보 사퇴한다고 지랄

(누가 자기 보고 대통령 나오랬다고 지랄이야!)

국민들에게 미운털이 단단히 박힌 국회의원 나가는

이런 반가를 두고 '역사적 인물에게 함부로 했다'고 지랄

부산 초원복집에서 우리가 남이가를 외친 김가는 특검 수
사 대상이 아니다고 지랄

나랏일에 손 안 댄 게 없는 최 여인은 웬만한 건 다 모른
다고 묵비권을 행사하다가

갑자기 억울하다면서 민주 운운에 투사같이 굴며 지랄

도처에 지랄이 풍년이다!

이런 때 예전부터 민초들은

지랄 염병하네, 지랄 방정 떠네, 지랄하고 자빠졌네, 라
고 하거나 염병 떨고 있네, 했다.

지랄 떠는 인종들을 두고선

염병 삼 년에 땀도 못 내고 뒤질 놈이라고도 하고

섣달 그믐날 토사곽란에 시달릴 때는 만사휴의 상태로 아
무 일도 못 하고 누워 지내면서

눈 감고 귀 닫고 있어 차라리 속은 편하더니,

토사곽란 멈춰 눈 뜨고 귀 열자 지랄 같은 세상!

축사 전기 요금으로

민중은 개돼지라고 한
교육부의 어떤 벼슬아치
그 말이 맞으면
전기 요금부터 내릴 것을
강력히 요구한다는 민중들의 전언
짐승들이 사는 축사는 전기 요금이 싸다는데

민중이 되고 싶었던 그

막말을 잘해서 별호가 막말준표라는 대통령 후보가
민중이 되고 싶었던 모양
전에 정부의 어떤 벼슬아치가 민중은 개돼지라 했거든
근데 막말준표가 자기 자서전에서 젊은 날
하숙집 친구들과 돼지 발정제인지 흥분제인지 하는 것을
여자 사람한테 먹이자고 했다 하네
아무래도 그는 오래전부터 돼지 수준이 되고 싶었던 모
양이야
근데 어려서 우리 동네 돼지들은 그런 것 안 먹여도
때 되면 암내 잘 내고 새끼 잘 낳았는데……
아, 그렇구나
미합중국 대통령 트럼프와 난형난제라서 마침내 트럼표
가 되었지만
돼지보다 못해 돼지도 필요 없는 돼지 발정제를 좋아했구나

신문 읽는 것을 독서로 여긴 사람의 죽음

3당 합당을 하여 기어코 청와대에 입주한 김 머시기 대통령이 죽었을 때 떠오른 생각 하나.

그가 아직 야당 무리들을 이끌고 있을 때 어느 월간 잡지 기자가 그에게 물었다.

"독서 많이 하십니까?"

그가 대답했다.

"많이 하지. 아침에 여러 신문 잘 챙겨 읽거든!"

그에게 독서는 신문 보는 것이었다……

무학 대사가 군사 반란을 일으킨 이성계에게 이런 말을 했다지. '부처 눈에는 부처가 보이고, 돼지 눈에는 돼지가 보인다'. 그 말대로 하면 나중에 청와대에 입주한 유신녀에게 '칠푼이' 운운한 그가 제대로 본 것일까? 자신도 그 부류였을까? (칠푼이는 팔푼이로 쓰기도 한다……)

승냥이가 다시 나타났다

승냥이는 이리와 비슷하게 생겼다고 한다. 여우와도 비슷하단다. 여우는 혼자 놀기를 좋아하는데 승냥이는 무리지어 다니는 점이 다르단다. 그런데 이 짐승들의 공통점은 사납고 교활하다는 것이라 하네. '양승*'라는 이름으로 대법원장을 지낸 이가 있었다. 그의 이름을 들으면 어쩐 일인지 승냥이가 연상되네(거꾸로 발음해 보니, '승양'. '승양이' 승냥이 떼 같단 말이야……) 어쩌면 그는 승냥이 떼의 우두머리였는지도 모른다. 그가 대법원장 감투를 쓰고 있을 때 전 청와대 입주자인 마캥이박과 '거래'를 했다 하네. 보통 사람들은 거래라 하면 주로 상거래로 알고 있을 텐데, 그는 '재판 거래'를 했다 하네. 재판 거래? 내 듣기에도 생소한 말이다. 보통 사람들은 그를 수사해서 구속해야 한다고 다들 아우성인데, 그의 무리들인 법원장을 비롯한 고위 법관들은 '합리적 근거'를 들며 수사를 하지 말아야 한다고 하네. 그들도 비록 승냥이 무리이긴 하지만 그들의 법전에는 안 나오는 용어인 모양이다. 어쩌면 은혜 입은 승냥이 우두머리에게 보은을 하자는 뜻인지도 모르겠지만…… 보통 사람들은 배가 고파 가게에서 먹을 것 몇천 원어치만 훔쳐도 구속 수사하고, 욱하는 마음에 주먹 좀 휘두르면 체포 구금하면서, 승냥이 떼들은 '재판 거래'를 해도 '합리적 근거'가 없으므로 수사를 하면 안 된단다. '합리적 근거' 없이 사형도 시켰으면서! 아무튼 차고 넘치는 문건이 나왔어도 범죄로 이어지지 않았으니까 수사를 하는 건 '부적절'하단다. 이건 손에 칼을 쥐고서 죽인다고 으름장을 놓았지만 마음으론 죽일 마음이 아니었으니까 범죄가 아니라고 한 것과 같은 꼴 아닐까? 어쩌면 한반도에서 승냥이가 멸종되어 볼 수 없으니 그들이 승냥이 노릇을 한번 해보려고 그랬는지도 모른다…… 그는 퇴임 때 강력한 자기장을 컴퓨터에 쏘여 자료 복구가 불가능하게 하는 '디가우징'인가 뭔가를 해서 완전범죄까지 노렸다니, 역시 증거를 안 남기려고 하는 법률 전문가의 우두머리는 우두머리일세! 그런 그도 결국은 마캉이박이 있는 국립 호텔에 묵게 되었다.

그가 나랏돈으로 먹여 주고 재워주는 국립 호텔에 들어가기 전 검찰에서 조사를 받았는데, 대부분 '기억이 나지 않는다'며 기억 상실증 환자 흉내를 내면서, '밑에서 알아서 한 일이다' '나는 모르는 일이다'라며 오리발을 내밀었는데, 사실은 우두머리가 아니라 조무래기?

밥상머리 가훈

어렸을 적 일이렷다
안방에 밥상 들어오면
할아버지 진지 드시면서
식구들에게 진지하게 말씀하셨지
'더 먹고 싶다 할 때 숟가락 놓자'
어린 손주들은 할아버지 그 말씀이
식구들 골고루 먹게
밥 적게 먹으라는 말로 들렸다
그것도 맞는 거였지만
나중에 머리 굵어져 생각하니
매사에 밥 먹듯이
절제하라는 말씀!

먹어야 살겠다

소싯적 유행가 〈앵두나무 처녀〉
운에 맞춰 이런 노래 부르며 놀았다

'깡통 줄게 밥 얻어온나
먹어야 살겠다
닷새 엿새 굶었더니
명태 눈깔 이상이더라'

60이 넘은 지금도 가끔
이 노래가 입안에서 읊조려진다
왜 그럴까?

태풍 부는 날
—2019년 9월 7일

태풍 '링링'이 병실 창문을 흔든다

노모는 병실 침상에 누워있으면서도 고향의 논을 걱정하신다

'뭔 바람 소리가 이케 세다냐? 이 바람에 나락 다 자빠져 불겠다'

노모의 걱정을 뒤로하고

태풍 소식을 듣고자 휴게실로 나와 텔레비전을 봤다

강풍 때문에 고향 진도대교를 통제한다는 뉴스

사람이 바람에 날아가 죽었다는 뉴스

수확기가 다 된 배가 바람에 떨어지고 있다는 뉴스

텔레비전이 걱정스레 전한다.

휴게실 한쪽에선 두 늙은이가 실랑이질을 하고 있다

'아버지 이제 술 좀 그만 드세요. 술 때문에 사고 나서 병원 신세 또 지고 있잖아요'

'내가 술을 먹고 싶어 마시는 줄 아느냐?

친구 사귈라고 술 마신다!'

'구십 넘어서 친구 사귀어서 무엇하게요?'

'너도 나이 먹어봐라. 나이 들수록 친구가 필요하다'

'아이고, 아버지 나도 내일모레면 칠십이요!'

칠순 가까운 아들과 구순 넘은 아버지가

술과 친구와 사고의 상관관계를 따진다
태풍 같은 부자 관계.
채널을 돌리자
법무부 장관 후보로 조국의 딸이 내정되었는지
열심히 조국의 딸 소식만 전하는 텔레비전.

밖을 내려다보니 나무가 넘어져 있고
자전거가 쓰러져 있고
간판이 떨어져 있고
행인은 뒤집어진 우산을 버린다
태풍이 요란스레 지나가고 있는 대한민국의 오늘

희망 고문

하늘이 무너져도 솟아날 구멍이 있으며
죽으라는 법은 없으니까
호랑이에게 물려 가도 정신만 잘 차리고 있으면
살 수 있다고 했지만

'인생, 답이 없다'며
세상 떠난 이가 있다

방정환
—사람의 첫 마음 찾기

어린이는 어른보다 더 새로운 사람이라며
낡은 것으로 새것을 누르면 안 된다고 했던 방정환
노동자들이 힘을 다해 병원 건물을 짓고
얼마 뒤 병이 나 죽게 되었어도
그 병원에 입원을 하지 못하는 사회는
공평하지 못한 사회라고 개탄하던 방정환
낭만에 바탕을 둔 동심천사주의자이면서 눈물주의자라고
비판도 받지만
죄 없고 허물 없는 평화롭고 자유로운 나라
그런 나라가 어린이 나라라고 하던 방정환
그러기에 어린이 마음으로 돌아가자고 하던 방정환
그의 영원한 아동성은 중국의 이탁오 동심설인
사람의 첫 마음!

할 만큼 했다고?

몇 해 전, 동화 『서울로 간 허수아비』의 작가 윤기현 선생과 어느 자리에서 이런저런 이야기를 나누었다. 다른 이야기는 기억나지 않지만 이 말만은 기억난다. 어떤 시국 문제로 이러쿵저러쿵하다가~

나: 우린 할 만큼 했으니 이젠 젊은 사람들이 알아서 하겠지요?

윤 선생: 우리가 뭘 할 만큼 했어? 다 우리 잘못이야. 제대로 할 만큼 안 했기 때문에 이런 일이 생긴 거야……

나: (고개를 끄덕였지만, 마땅한 말이 떠오르지 않아 거듭) 아무튼 젊은 사람들이 알아서 하겠지요……

윤기현 선생은 '5 · 18 광주' 때 상무대로 끌려가 젊은 군인들한테 무지하게 맞았다. 그래도 자기는 덜 맞았단다.

윤 선생: 난 송기숙 선생에 비하면 맞은 것도 아니야……나는 왜소하다고 덜 때리고 송기숙 선생은 덩치가 커서 맷집 좋다고 더 때리고……

왜소한(?) 윤기현 선생도 그때 후유증으로 허리를 수술했다. 아버지뻘인 소설가 송기숙 선생에게 '이 자식 저 자식'

하며 사정없이 패던 그때 그 젊은 군인들은 지금 무슨 생각을 하며 살까? 맷집 좋은(?) 송기숙 선생은 그날 이후 잠자리에서 맥주를 두어 병 마시거나 뜸을 백여 군데 떠야 잠들 수 있다고 말씀하시던데……

　시방 대한민국이 온통 시끄럽다. 적반하장인 무리들이 설친다. 뻔뻔하다. 얼굴이 너무 두껍다. 염치고 뭐고 아무 것도 없다.
　윤기현 선생 말마따나 우리 또래가 제대로 할 만큼 안 했나 보다. 그래서 지금 이 나이 되어서도 별의별 꼴을 다 보고 겪어야 하는 듯.

웃겨 증말!

지금 국립 호텔에 있는 전 청와대 입주자 박 머시기 시
절 때 불량 완구를 연상시키는 이가 총리 되더니 부패를 척
결한다며 부패와 전면전을 펼치겠고 호들갑을 떨었겠다.
'이이제이'라 하여 오랑캐를 이용하여 오랑캐를 무찌른다는
말이 있긴 하지만 다들 고개를 갸우뚱. 옛 세력을 일소하는
새 세력인가, 아니면 구악이 가니 그냥 나타난 신악일까?
이런 때 쓰는 말 몇 개가 떠올라 적어보았는데,

소가 웃을 일이구만
개가 풀 뜯어 먹는 소리하고 자빠졌네
도둑이 매 든다(적반하장)는 말도 있던데
그놈이 그놈 아녀?
오십 보 백 보나 차이 질까?
본시 흰 구두나 백구두나(똥이나 변이나) 마찬가지인데

오래전 테레비에서 쓴 왜말로 하자면,
'민나 도로보데스(みんな泥棒です)/죄다 도둑놈'인데
과연 '쥐랄'도 풍년이네.
하여간 테레비 연속극 말투대로,
'웃겨 증말!'

절망적인 희망

소설 『장미의 이름』으로 잘 알려진 이탈리아의 소설가 움베르토 에코가 세상을 뜨기 오래전에 이런 말을 했단다.

질문자: 내일 우주가 없어지면 오늘도 글을 쓸 것인가?

에코: (처음엔 망설이지 않고) 아니요! 누구도 내 글을 읽을 수 없을 텐데 무엇 때문에 글을 쓰겠소?

(곧바로 이어서) 예, 글을 쓰겠소! 어느 별에서 내가 쓴 글을 해독하려는 이가 있을 것이라는 '절망적인 희망'을 갖기 때문이요……

지금 대한민국의 '꼬라지'가 딱 이 짝이다. 정치판 돌아가는 게 이젠 막힐 기도 없어 애써 외면하고 싶어도 '절망적인 희망'을 갖고서 다시 신발 끈을 조인다.

사실 글이란 어떤 글이든 '독자(미래의 독자일지라도)'를 위해서 쓴다. 자기 자신을 위해 쓴다는 일기조차도 일기를 쓰는 저녁엔 작가지만 그 일기를 읽는 아침엔 독자가 되는 셈! 고로 일기도 독자를 의식!

봉평 메밀꽃 축제

장돌뱅이들의 밤길은
'피기 시작한 메밀꽃이 소금을 뿌린 듯이
흐붓한 달빛에 숨이 막힐 지경이였다지만[*]
관광객들의 밤길은
환한 조명등 불빛이 흐붓하지도 않고 숨도 안 막힌다

* 이효석의 소설「메밀꽃 필 무렵」에서.

해 설

구체성의 언어로 가닿는 삶의 가장 깊은 저류底流

유성호(문학평론가)

1. 근원적 상태를 회복하려는 고백과 증언

대체로 서정시는 은유와 상징을 통해 간접적 발화의 속성을 강하게 지니지만, 그럼에도 그 궁극적 존재 의의는 진정성 있는 자기 표현에서 찾을 수 있을 것이다. 다시 말해 시인은 한 편의 서정시에서 스스로의 경험적 목소리를 통해 자기 자신에 대한 이야기를 하는 경우가 많다. 물론 이른바 탈脫주체 담론들에 의하면 주체의 명료한 자기 표현은 불가능에 가깝다. 그럼에도 서정시는 주체를 부정하는 경향보다는 경험적 주체와 시적 화자를 통합하는 과정을 통해 치열한 자기 인식을 심화해 온 역사를 가지고 있다. 박상률의 신작 시집 『길에서 개손자를 만나다』는 그러한 의미에서 가장 깊은 실존의 영역에서 생성되는 자기 표현의 한 정점이자 현실에 대한 증언이요, 해학을 통한 인간 본질의 사유를 극점에서 들려주는 빛나는 예술품이기도 하다. 언어적 측면에서 볼 때는 호남 방언의 일대 향연이요, 잃어버린 세계의 원형을 복원하려는 기층언어의 집성集成이기도 할 것이다.

박상률 시인은 그동안 꾸준히 "글둠벙이 있는 이야기밭 언저리에 살면서"(『시인의 말』) 시를 써왔다. 이제 등단 30년을 맞는 중진 시인으로서 그의 개성과 진정성과 '이야기밭'의 진경進境은 그 자체로 문학사적 위상을 부여받아야 마땅한 세계일 것이다. 그만큼 그의 진중한 고백과 증언 안에는 근원적 상태를 회복하려는 지향이 담겨 있고, 다양하게 펼쳐지는 삶의 양상을 통해 자신의 존재를 가능케 한 내인內因을 탐구하려는 시인의 열정이 귀하게 나타난다. 그에게 출발 지점과 귀착 지점이 되는 그 근원적 지점은 현실에서는 불가능한 유토피아겠지만, 우리 시대의 불모성을 견디게끔 해주는 상상적 에너지의 원천으로 성큼 다가오고 있다. 박상률의 시는 이러한 삶의 깊은 저류底流에 흐르는 근원 지향성을 우리 시대의 정서적, 실천적 대안으로 꿈꾸고 있는 셈이다. 이제 그 세계 안으로 한 걸음 들어가 보자.

2. 고향의 경험을 담은 말의 사원

박상률의 시는 고향에서 발원했던 경험과 말로 구성된 미학적 실체이다. 그는 고향에서의 경험을 말의 사원에 담으면서 시인이 되었고 지금도 그 원형을 고집해 간다. 자연스럽게 그의 시는 그러한 원형적 가치에 대한 추구와 열망을 집중적으로 보여 주는데, 그 목소리는 우리에게 역설적으로 비상한 활력을 부여해 준다. 그것은 모든 현상들이 호혜적으로 의존하고 있으며 개인과 공동체가 긴밀하게 연관되어 있음을 전제로 한 발화로 나타난다. 개인의 삶과 공동체의 역사, 미립자와 우주가 모두 불가결한 연관성을 지닌다는 이러한 자각은 그의 시로 하여금 심미적 사물이 아니라 근원적 가치를 지닌 사물을 발견하게끔 해준다. 잔잔하지만 단호한 목소리를 통해 근원적 가치를 담아가는 그의 시는 바로 이때 순간의 충만함으로 빛을 뿌린다. 그 가운데 '무등無等'은 그의 가장 커다란 존재론적 원적原籍으로 다가온다.

　나는 산이올시다.
　여름이고 겨울이고 봄이건 가을이건 그 자리에 짠하디 짠하게 앉아있는, 그러나 푸지고 푸진 것들 품 안에 힘껏 보듬고 사는, 높거나 낮거나 좋거나 나쁘거나 하는 등급이 없는 무등無等이올시다.
　아, 무엇보다도 저 아래 피어난 오월 딸기꽃 숨소리까지 듣고 있는 난,
　나는 산이올시다.
　　　　　　　　　　　　　　　　　　　―「무등의 말」 전문

'무등'을 화자로 삼아 시인 스스로 자신의 존재 방식을 토로하고 있는 작품이다. '나'는 언제나 바로 '그 자리'에 있고, 푸진 것들 품에 품으면서, 세상의 분별과 차별을 넘어서는 '무등'으로 존재한다. 등급이 없는 '無等'이라는 함축은 그 자체로 "저 아래 피어난 오월 딸기꽃 숨소리까지 듣고 있는" 시인의 실존적 초상을 적극 환기한다. 그렇게 '산=시인'의 등식을 통해 박상률 시인은 단호한 절제와 크나큰 품, 항상적 지킴이로서의 '무등'의 말을 우리에게 은은하게 들려준다. 다른 작품에서 "無等山은 높고 낮은 등급이 없는 산"(「무산無山」)이라고 했던 바로 그 사유가 '시인 박상률'의 존재 근거였음을 재차 강조한 셈이다. 이렇게 '무등'에서 생성된 그의 시는 고향의 '말'을 통해 특유의 정감과 점착력을 얻어간다.

　　완도교육지원청 관내 2개 학교에 강연 있어 아침 일찍 완도읍 버스 차부에 도착하여 화장실에 들렀더니 옆 칸 사람의 전화기에서 전화 건 사람 목소리가 내 칸으로 넘어왔다.

　"어딘가?"
　"똥간이시, 아니 천당이시!"
　"일 다 보고 나믄 전화하게."
　"그냥 말하게. 천당이란께 그라네. 말해. 다 듣고 있은께."
　"똥 누는 데다만 힘 써. 내 말까지 들을라고 신경 쓰지 말고."
　"시방 똥 잘 누고 있단께. 워매 시원한 거! 천당 간 것 같어."

"자네가 언제 천당 가봤다고 시원하다 한가?"

"똥 잘 누믄 고것이 천당이제! 자네 아적도 고걸 모르는가?"

"모르기는…… 나도 아네. 똥 잘 누는 것이 천당 간 것하고 막상막하일 것이네!"

두 사람은 정작 용건은 나누지 않고 똥 이야기만, 아니 천당 이야기만 했다. 나는 그새 볼일을 다 보고 나와버려서 뒷이야기를 더 듣지 못한 게 아쉬웠다.

—「똥간과 천당」 전문

한바탕의 해학이 특유의 말씨와 말법을 통해 찾아온다. 너스레라고만 부르기에는 그 해학이 한편 애틋하고 한편 정 겹기 짝이 없다. 그리고 한참을 웃게 만드는 힘이 그 안에 있다. 완도 버스 차부 화장실에서 뜻하지 않게 엿들은 옆 칸 사람의 전화 대화가 시인의 착실한 중계를 통해 손에 잡힐 듯 들려온다. '똥간/천당'은 '속俗/성聖'으로 구분될 수 있겠지만, 두 사람의 대화에서 그 경계선은 넉넉하게 지워진다. 아니 시인이 우리에게 "자네 아적도 고걸 모르는가?" 하고 묻는 듯하다. 물론 시인은 '똥/천당'의 뒷이야기를 듣지 못한 것을 아쉬워했지만, 그동안 이성적인 분별지를 통해 구획해 왔던 것들을 다시 통합해 가는 적공을 완성하기에 이 이야기는 부족함이 없다. 그러한 갱신 과정에서 "나는 얼마나 더 납작하고/ 가늘어져야 하는가"(「선인장」) 하고 스스로를 다잡는 시인의 태도가 단정하고 풍요롭다. 일찍이 "한 글자

로 이루어진 우리말"(「하나짜리 말」)에 대한 지극한 탐구에서
보여 주었듯이, 기층언어에 대한 그의 사랑은 말라르메가
했던 "부족방언의 예술사"(말라르메)로서의 시인 규정에 가장
충실한 모습이 아닌가 생각해 본다.

이처럼 고향의 '산'과 '말'을 통한 시인의 따뜻한 기억은
깊고 둥그런 성정性情에서 발원하여 우리로 하여금 날카로
운 균열보다는 따뜻한 화해의 언어를 경험하게끔 해준다.
물론 이러한 통합의 사유는 서정시 일반의 속성일지도 모
른다. 그러나 박상률이 이루어가는 이러한 성격의 지속성
은 더없이 강조되어야 한다. 그만큼 그는 자신을 구성해 왔
던 시공간에 동일성을 부여하면서 심미적 언어의 조탁보다
는 자연스러운 말 자체의 미감을 중시해 간다. 미추美醜와
청탁淸濁을 가리지 않고 뭇 사물과 시간이 기억 안에서 동등
한 의미와 가치를 지닌다는 생각을 펼쳐간다. 그리고 추상
어보다는 구체어, 문어文語보다는 구어, 표준어보다는 지역
어를 지향하면서, 몸에 새겨진 기억을 하나하나 표현해 간
다. 세계와 건실하게 밀착되어 있는, 고아古雅한 언어와는
확연한 대극을 이루는 날것 그대로의 말을 재현해 가는 것
이다. 이는 꽤 자각적인 것으로서 이번 시집에서 고향의 경
험을 말의 사원에 채워가는 원리를 이루고 있다 할 것이다.

3. 기억의 뿌리, 기억의 확장

　서정시의 제일의적 원리가 가장 사사로운 '기억'에 있음은 여러 방식으로 증명되어 온 바 있다. 그 점에서 모든 시인들의 기억은 문자 그대로 자신만의 순수 원형을 찾아가는 제의祭儀 과정일 것이다. 박상률 시인이 만나고 표현하는 기억 역시 한결같이 시간의 가혹한 흐름에 의해 사라져 간 어떤 것들을 향한다. 그러나 그것들은 사라짐의 눈부심으로 하여 오히려 빛나는 순간들을 복원해 낸다. 이러한 과정을 통해 우리는 인간과 사물이 이루는 비대칭적 힘에 대해 생각하게 되고, 시인이 구축해 내는 기억이 가장 개인적인 몸의 기억이자 생명을 억압해 온 역사 현장에 대한 증언 형식으로 나타난다는 것을 알게 된다. 그리고 그것은 외연적 실재가 아니라 내면적 흔적을 통해 경험되는 것으로 등장한다는 사실에도 이르게 된다. 근본적으로 서정시가 시간에 대한 경험 형식으로 씌어지고 읽힌다는 점에서 박상률 시인은 기억의 재구성이라는 서정시 본연의 특성을 충실하게 견지하고 있는 셈이다.

　　세밑에 묵은 것들을 태웠다
　　예순 살이 되면 태우려고 맘먹은 것 마침내 실행했다

　　입대 전날 내 자취방에서 자고 훈련소로 간 친구가 보낸
　　'군사우편' 푸른 도장 박힌 편지도 태우고

얼굴 기억나지 않는

여학생의 그림엽서도 태우고

수학여행 간 동생들이 보낸

관광 엽서도 태우고

서울 한구석에 뿌리내리기 위해

은행에서 받은 셋집 보증금 대출 통장도 태웠다

그런 게 모두 60년 목숨의 나이테이긴 하겠지만

더 이상 무슨 의미가 있겠나 싶어서였다

광주 금남로와 서울 광화문에서 쓴 시는 안 태웠다

금남로는 시를 처음 쓰게 했고

광화문은 지금도 시를 쓰게 하니까

지금 내 나이보다 십수 년 더 젊었던 아버지가

고등학생 아들에게 보낸 편지도 남겨 두었다

아버지에게 자식은 젊은 게 아니라 어렸을 테니까

—「소각」 전문

이 작품은 기억의 각인이 아니라 기억의 소각을 택하고
있다. 물론 소각 행위에 예외를 설정함으로써 오히려 빛나
는 선택의 순간을 제시한 것이긴 하지만 말이다. 오래전부
터 시인은 예순이 되면 "묵은 것들"을 태우리라 마음먹었고
그것을 실행에 옮겼다. 소각의 대상이 된 세목은 오래전 친
구의 편지, 여학생의 그림엽서, 동생들이 보낸 관광 엽서,

셋집 보증금 대출 통장 등이다. 비록 그것들은 "60년 목숨의 나이테"이지만 시인은 눈 딱 감고 태워버린 것이다. 그렇게 몸에서 떠나보낸 기억이 있는가 하면, "광주 금남로와 서울 광화문에서 쓴 시"처럼 태우지 못한 것들도 있다. "시를 처음 쓰게" 했고 "지금도 시를 쓰게" 하는 그것들은 아마도 '시인 박상률' 자신을 함의하는 것이었기 때문일 것이다. 그리고 아버지가 젊으셨을 때 보내신 편지도 남겨 두었는데, 시인은 그것이 자신의 오래고도 떠날 수 없는 뿌리라고 생각했기 때문일 것이다. 시인은 이렇게 "사람의 첫 마음"(『방정환』)은 남기고 몸 안에 붙어있는 오랜 기억을 떨어버림으로써 더 중요한 기억을 마른 뼈처럼 남겨 간다. 그리고 바로 그 힘으로 '시인 박상률'은 앞으로도 지속되어갈 것이다. 다음은 어떠한가.

소녀 하나, 소를 붙들고 있다
호수 같은 눈으로 소의 눈을 들여다본다
소의 눈에 겨울 바닷물이 그득하다
호수 같다
호수가 된 눈 둘
서로 마주한다
뱃고동 소리 저 멀리 멀어지면
파도의 혓바닥 등대를 삼킨다
해 지는 오후, 바닷바람 소리 무겁다

바다에 누워있던

배 한 척 뭍으로 간다

느릿느릿 소걸음이다

소를 찾던 눈동자들 뒤따른다

소녀의 눈동자 커진다

팽목항 등대 앞의 하늘나라로 가는 우체통에

소 울음이 담긴다

소녀의 울먹임도 담긴다

호수가 된 눈동자 속에 깊이 박힌 봄 바다

—「심우도」 전문

　이번에는 기억의 확장으로서의 공동체에 관한 감각을 담았다. 이 작품은 그의 고향 진도 앞바다에서 침몰한 '세월호'가 인양되던 순간을 담고 있다. 한 소녀가 붙들고 있는 '소'는 불가佛家에서 가장 신성하게 생각하는 상징이다. 호수 같은 소녀의 눈이 들여다본 소의 눈은 "겨울 바닷물"로 가득하다. 호수가 된 두 눈은 눈부처럼 서로 마주보고 있는데, 소녀는 느릿느릿 소걸음으로 바다에 누워있던 배 한 척이 뭍으로 갈 때 "소를 찾던 눈동자"들을 바라본다. 그때 커져버린 소녀의 눈동자와 함께 팽목항 등대 앞 소 울음이 번져간다. 소녀의 울먹임도 함께 퍼져간다. 그렇게 "호수가 된 눈동자" 안에 봄 바다가 박혀 있을 때, 소를 찾아가는 '심우도尋牛圖'는 그러한 비극의 눈물을 상징하는 상징으로 채택된 것일 터이다.

이처럼 박상률은 서정시가 시간적으로 경험을 초월하면서 항구적 속성을 가질 수 있는 것은 구체적 경험을 기초로 하면서 이를 넘어서는 본질적 탐구와 결합할 때라는 것을 알려 준다. 그 점에서 그가 들려주는 기억의 뿌리와 그 확장 경험은 시인의 가장 커다란 중요한 자산이 아닐 수 없다. 이러한 박상률 시의 기억이 가져다주는 결실을 우리는 자아와 대상 사이에 간격이 존재하지 않는 '동일성' 개념으로 설명할 수 있을 것이다. 우리 시대는 더 이상 동일성 논리를 지키려 하지 않지만, 그는 오히려 오랜 동일성 논리를 지켜가면서 세계와의 불화와 당당하게 맞선다. 서정의 원형을 통해 자신의 기억과 공동체의 내력 그리고 그것들을 향한 성찰의 과정을 아름답게 보여 준다. 그렇게 시인은 우리로 하여금 기억의 뿌리와 기억의 확장 과정을 경험케 하고 있는 것이다.

4. 일상을 돌아보는 힘으로서의 서정시

다음으로 우리가 확연하게 만나게 되는 박상률 시의 표지標識는 일상을 돌아보는 힘에 있다. 삶과 사물을 바라보는 투명한 시선과 그 시선을 통한 질박한 표현의 매무새가 단단하게 결속되어 있는 작품들이다. 이때 그의 시는 장광설이 편재遍在한 우리 시대에, 매우 간결하고 산뜻한 서정

의 한 풍광을 보여 주는 훌륭한 범례範例가 되어준다. 여기
서는 시인이 표상하고 있는 이러한 서정의 원형과 그가 궁
극적으로 가닿고자 하는 차원을, 일상을 돌아보는 힘으로
나타낸 실례들을 관찰해 보자.

경기도 어디를 가는데 교통수단이 마땅치 않아 하는 수
없이 차를 몰고 나갔다. 서울을 벗어나 안양 인덕원쯤 지날
때 차에 기름을 넣기 위해 좌회전 신호를 받으려고 기다리
고 있는데 갑자기 중앙선 넘어 옆으로 승용차 한 대가 오더
니 창문을 내린 뒤 운전자가 나를 보고 소리쳤다.
"야, 이 개새끼야!"
나는 영문을 몰라 창을 내리고 물었다.
"개손자님, 왜 그러십니까?"
그랬더니 내가 자기 차 앞에 있어서 U턴을 못 한단다.
그 차로는 U턴하는 차로가 아니고 좌회전만 하게 되어있다
했더니 내가 비켜주었으면 앞 신호를 보고 차 없을 때 얼른
차를 돌릴 수 있었는데 그러지 못했다나……

나는 젊었을 때 대학의 문예창작과 희곡 시간에도 학생
들에게 어떤 작품 읽어주면서 대사에 '개새끼'가 있으면 글
자를 풀어서 '가이사이끼'라고 할 정도로 '개새끼'라는 말을
싫어한다. 60대인 내가 개의 '새끼'이면 40대로 보이는 그는
개의 '손자'가 마땅해서 그렇게 물었을 뿐.
　　　　　　　　　　　　　　　—「길에서 개손자를 만나다」 전문

사람보다 개가 더 유명하다는 진도 출생의 시인은 평소에
도 '개'가 들어가는 욕설을 순치하여 '가이사이끼'라고 발음
하고는 했다. 운전 중에 누군가가 욕설을 하자 시인은 '개손
자님'이라는 별칭을 써서 응수한 기억을 가지고 있다. 이때
여유와 해학은 물론 상대방을 향한 날카로운 응대가 한순간
에 이루어진다. "교통수단이 마땅치 않아 하는 수 없이" 운
전을 한다는 느릿한 외곽성의 시인, "개손자님, 왜 그러십
니까?"라고 묻는 역설적 여유의 시인은, "60대인 내가 개의
'새끼'이면 40대로 보이는 그는 개의 '손자'가 마땅해서" 그
랬다고 길에서 만난 한순간을 회상한다. 박상률 시인은 "글
을 쓸 때 내가 살아있다는 걸"(『재능 기부』) 느끼곤 했다는데,
이러한 갈등의 순간에도 가없이 부드러운 마음과 언어를 통
해 자신의 존재 증명을 한 것이다. 일상에서 보여 주는 그
의 느림의 언어가 그의 심저心底에 깊은 고갱이가 되고 있음
을 증명해 준 것이다. 그리고 이러한 지극한 마음은 지난날
의 한 삽화에서도 간취된다.

　　어렸을 적 일이렷다
　　안방에 밥상 들어오면
　　할아버지 진지 드시면서
　　식구들에게 진지하게 말씀하셨지
　　'더 먹고 싶다 할 때 숟가락 놓자'
　　어린 손주들은 할아버지 그 말씀이
　　식구들 골고루 먹게

밥 적게 먹으라는 말로 들렸다

그것도 맞는 거였지만

나중에 머리 굵어져 생각하니

매사에 밥 먹듯이

절제하라는 말씀!

—「밥상머리 가훈」 전문

　어렸을 적 할아버지께서는 안방에 밥상이 들어오면, '진지' 드시면서 '진지'하게, "더 먹고 싶다 할 때 숟가락 놓자"라는 밥상머리 가훈을 들려주셨다. 어린 손주들은 그 말씀을 "식구들 골고루 먹게/ 밥 적게 먹으라는 말"로 들었고 또 그러한 해석도 일리가 있는 것이었지만, 나중에 커서는 "매사에 밥 먹듯이/ 절제하라는 말씀!"으로 해석하게 되었다. 이러한 "밥상머리 가훈"이야말로, 욕설에 부드러운 유머로 대응하는 마음처럼, "나이테마다 그어놓은 세월 저쪽의 노을빛"(「망월동에서」)을 소환해 가면서 터득한 인생론적 지혜일 것이다. 이처럼 '시인 박상률'이 일상에서 톺아 올리는 장면들은 그 자체로 우리 삶의 느리고도 풍요로운 지혜가 아닐까 생각해 본다.

　이렇게 박상률은 일상의 관찰과 기억을 통해 삶의 의미를 비유해 내는 시법詩法을 지속해 간다. 이러한 방법이 수행되고 구체화되는 한편에 특유의 우리말에 대한 집념과 삶의 여유로운 해학의 정신이 자리하고 있는 것이다. 원래 기억이란 주체의 적극적이고 창조적인 기능의 일환으로서 통

일되고 일관된 주체를 구성하는 기능을 한다. 또 기억을 거치지 않고서 우리는 주체를 경험적으로 회복할 수 없게 된다. 개인의 성격 형성이라든가 사회적 학습의 결과가 어렸을 때 경험에 결정적으로 영향을 받는다는 것이 정신분석학자들의 공통 견해임을 볼 때, 박상률의 시는 이러한 지난날의 기억을 통해 주체를 회복하고 새롭게 구성하려는 지향을 품고 있는 것이다. 그 맥락에서 일상을 돌아보는 힘으로서의 서정시가 씌어지고 있는 것이다.

5. 존재론적 기원의 형상과 언어

나아가 우리는 박상률 시인이 회상하고 복원해 가는 존재론적 기원起源을 만날 수 있다. 이러한 세계는 '고향'이나 '어머니' 같은 근원적 회귀점에 대한 그리움을 통해 오랜 시간의 흐름을 보여 준다. 그 점에서 기원에 대한 탐구와 복원 과정은 또렷한 심상에 남은 시간의 변형된 흔적을 찾는 일과 다르지 않을 것이다. 시인은 의식 저편에 깃든 이러한 형상을 상상적으로 복원하여 자신의 현재형을 천천히 유추해 간다. 어머니에 대한 한 장면이 담겨 있는 다음 작품을 먼저 읽어보자. 그 안에는 자신의 존재론적 기원이기도 할 어머니에 대한 애잔한 기억을 통해 삶의 원초성과 그리운 타자에 대한 관심을 복원해 가는 시인의 모습이 약여하게 담겨 있다. 그는 지속적으로 이러한 일이 우리가 상실한 원형을 회복하는 길이며, 인간의 숨결을 터가는 대안 실천이 될 것이라고 역설하고 있는 것이다.

　　노모 심심할까 봐

　　길고양이가 담장으로 화단으로 왔다 갔다 하더니

　　한동안 보이질 않았다

　　"고것이 어디로 갔을까? 요새는 통 꼴새를 볼 수가 없단께……"

　　노모 말 듣기라도 한 듯 배가 잔뜩 불러가지고 나타난 고양이

　　마당 끝 헛간에 몸을 풀었다.

　　노모, 당신 먹으라고 둘째 딸이 끓여서 봉지에 넣어둔 미역국 데워 가지고

　　고양이에게 갔다

　　"말 못 하는 짐승이제만 몸 풀고 을매나 힘들었냐. 어서 미역국 먹고 새끼덜 젖 많이 줘라잉"

　　고양이, 노모 말 알아듣는 듯이 미역국을 달게 비웠다.

　　고양이는 사흘 동안 노모에게서 미역국을 받아먹었다

　　"니가 보다시피 나는 몸이 션찮어 지팡이 짚고 지구다나 여그까지 왔다.

　　미역국 먹고 기운 잠 냈으믄 성한 사람 사는 디로 가그라

　　내처 내가 산후조리 했으믄 쓰겄는디 나는 내 밥 챙겨 먹기도 힘들어 너까정 건사 못 하겄시야……"

　　아침에 그렇게 말을 했지만 저녁 때가 되자 헛간의 고양

이 식구가 걱정되었단다

　헛간을 들여다보니 고양이 식구 다 사라지고 없다

　"고것이 영물이여야. 내 말을 알아듣고 다른 디로 가부
렀단께"

　고양이가 사람 말을 알아들었을까?

―「노모와 고양이의 생존법」 전문

　'노모'와 '고양이'가 주고받는 육친적 애정과 헤어짐의 과
정이 시인의 눈길에 잡혔다. 한동안 담장과 화단을 오가던
고양이가 보이지 않자, 어머니는 고양이의 행방을 궁금해
하신다. 그러자 곧 고양이는 배가 불러 나타나 마당 끝 헛간
에서 새끼들을 낳았고, 어머니는 당신 먹으라고 딸이 끓여
온 미역국을 데워 고양이에게 주신다. 몸풀고 힘들었을 고
양이에 대한 어머니의 상련相憐이 눈에 밟히는 듯하다. 그렇
게 사흘 동안 고양이는 미역국을 받아먹었지만 어머니는 이
제 "성한 사람 사는 디로 가그라"면서 이별을 고하신다. 저
녁이 되어 다시 고양이 식구가 걱정이 된 어머니는 헛간에
서 고양이 식구가 사라지고 없자 고양이가 영물이어서 자신
의 말을 알아들었을 거라고 말씀하신다. 그리고 이러한 관
심과 육친적 애정이 '노모'와 '고양이'의 '생존법'이었을 것이
라고 시인은 말한다. 그 안에는 "오랫동안 가물면 비 온다는
방송 틀라고 하시던"(「제주 하늘에서」) 어르신들의 지혜가 담겨
있고, "마른 장작개비 같은 종아리"(「좋은 모습」)에도 불구하
고 사랑의 마음을 보여 준 어머니의 모습이 돋아나고 있다.

병상의 노모, 밥을 잘 안 드시려 한다
식사 때마다 노모의 볼멘소리
"내가 안 먹을라고 해서 안 먹는 것이 아녀야
도통 입맛이 읎어야
병원 음식이라서 그란지 먹잘 것도 더 읎어야……"
나는 한 숟갈이라도 더 먹이려 실랑이하다 맥이 풀리자
어렸을 때 노모가 하신 말씀 돌려주고 말았다

"어무니, 입 하자는 대로 허지 마쇼잉!"

　　　　　　　　　　—「입 하자는 대로」 전문

　"병상의 노모"께서 입맛이 없으셔서 식사를 못 하시자, 시인은 어렸을 때 어머니가 하신 말씀을 그대로 돌려드린다. "입 하자는 대로 허지 마쇼잉!" 이는 입이 시키는 것보다 몸이 요청하는 것을 따르시라는 권면이겠지만, 그 밑바닥에는 '어머니-자식'의 뒤바뀐 처지를 반영한 채 그대로 시간의 무등無等을 알려 주는 화법일 것이다. 그렇게 시인은 흘러간 시간 속으로 어머니를 향한 한없는 그리움을 투사하고 대입함으로써 살가운 언어를 자신의 시편 안에 담아내고 있다. 그 상황과 언어가, 시인 자신의 몸에 새겨진 구체적 기억을 복원하는 구어의 활력을 통해 확연하게 드러나고 있는 것이다.
　일찍이 옹(W. Ong)은 『구술문화와 문자언어(orality and literacy)』에서 이른바 구술문화가 가지는 사고와 표현의 속성을 규정한 바 있다. 그것은 상대적으로 다변적이고, 전통적이며, 생활 세계와 밀착되어 있고, 항상성이 있으며, 상황 의존적이라는 것이다. 이렇게 옹이 규정한 구술문화의 언어적 속성은 박상률의 시에 매우 충실하게 반영되고 있다. 생활에 밀착되어 있으며, 항상성이 있고, 상황 의존적인 박상률의 기층언어가 그로 하여금 동시대를 살아가는 이들의 이야기를 담게 하고 있기 때문이다.

지금까지 천천히 읽어온 것처럼, 박상률의 신작시집 『길에서 개손자를 만나다』는 시간을 회상하고 대상을 바라보는 시인의 따뜻하고도 역동적인 시선에서 빚어진 결실이다. 시간과 사물과 삶의 무등함을 노래하는 그의 시는 우리를 생의 잔잔한 활력으로 안내하면서, 우리의 삶을 고향이나 모성 같은 근원적 차원으로 인도해 간다. 이러한 고전적 감각을 통해 박상률 시인은 범인凡人들이 일상에 지쳐 무심히 넘어가는 것을 관찰하고, 사물과 사물 사이에 미세하게 펼쳐지는 문양紋樣에 대한 탐사를 멈추지 않는다. 그렇게 그의 시는 기원에 대한 기억과 고백 그리고 동질적 자기 확인 과정을 중심적 창작 동기로 삼는다. 비록 그것이 사회적 발언을 품고 있다 하더라도, 그의 시는 궁극적으로 자기 귀환을 시도하고 있는 것이다. 이러한 서정시의 원리를 충실하게 구현하고 있는 그의 시를 통해 우리는 시인의 고전적 사유와 언어와 지향을 간직하게 될 것이다. "글이란 어떤 글이든 '독자(미래의 독자일지라도)'를 위해서 쓴다"(『절망적인 희망』던 박상률의 이번 시집은 독자들로 하여금 자신의 경험과 말로 그려진 '기억의 축도縮圖'를 경험하게끔 해줄 것이니까 말이다. 구체성의 언어로 가닿는 삶의 가장 깊은 저류底流가 그 아래 융융하게 흐르고 있지 않은가.